LES CONTES DE Clifford

CENDRILLON ET LE GROS CHIEN ROUGE

CLIFFORD A ÉTÉ CRÉÉ PAR NORMAN BRIDWELL.

TEXTE DE DAPHNE PENDERGRASS • ILLUSTRATIONS DE RÉMY SIMARD • TEXTE FRANÇAIS D'ISABELLE ALLARD

Scholastic et The Norman Bridwell Trust ont travaillé avec une auteure et un illustrateur choisis avec soin pour que ce livre soit de la même qualité que les livres de la série originale *Clifford*.

Les données de catalogage avant publication sont disponibles.

5 4 3 2 1   Imprimé au Canada 119   19 20 21 22 23

Conception graphique du livre : Erin McMahon

MIXTE
Papier issu de
sources responsables
FSC® C103113

Bonjour, je m'appelle Émilie et voici Clifford, mon gros chien rouge. Chaque soir, je me blottis contre lui, et mon père nous lit une histoire.

Mon père aime nous mettre en vedette dans l'histoire. Ce soir, il nous lit *Cendrillon*.

« Il était une fois un jeune prince qui venait d'emménager dans un nouveau village.

Il voulait se faire des amis, alors il a invité tous les villageois à un bal dans son château.

L'invitation précisait que les villageois devaient porter leurs plus belles tenues. Durant le bal, il y aurait des danses, des jeux et de bonnes choses à manger.

Les villageois étaient ravis, mais une fille appelée Cendrillon était triste. Tout le monde allait au bal… sauf elle.

Cendrillon ne pouvait pas y aller, car elle n'avait pas de belle robe ni de carrosse pour s'y rendre.

Pendant que Cendrillon rêvait au bal et au plaisir
de rencontrer un nouvel ami, un gros chien rouge est
apparu comme par enchantement!

Il s'appelait Clifford et lui a expliqué qu'il était son
parrain magique.

D'un coup de baguette magique, Clifford lui a créé
une magnifique robe…

avec un peu de bave dessus.

Clifford a agité sa baguette de nouveau et a transformé une citrouille en carrosse.

Il a aussi changé des souris en chevaux et une grenouille en cocher.

Cendrillon pouvait enfin aller au bal et devenir la nouvelle amie du prince! Il n'y avait pas de temps à perdre. La magie prendrait fin à minuit!

Clifford a ajouté un nœud papillon à son collier. Si le carrosse ne pouvait pas emmener Cendrillon au château, il s'en chargerait lui-même!

Cendrillon a fait son entrée au bal… avec Clifford.

Clifford et Cendrillon ont rencontré le prince et l'ont remercié de l'invitation. Le prince était très gentil. Il n'avait jamais vu un aussi gros chien rouge. Il aimait bien le nœud papillon de Clifford et la robe scintillante de Cendrillon.

Les musiciens se sont mis à jouer. Cendrillon
a été la première sur la piste de danse.
Clifford a chanté pour accompagner l'orchestre!

Ensuite, il y a eu des jeux. Clifford a adoré jouer à la chaise musicale. Il gagnait à tous les coups, mais le prince n'était pas fâché. Cendrillon et lui trouvaient Clifford très drôle.

Puis est arrivée l'heure du souper. Les serviteurs avaient préparé les meilleurs plats du monde entier! Clifford avait un bon appétit, mais Cendrillon a réussi à garder un morceau de gâteau qu'elle a partagé avec le prince.

Cendrillon et son parrain magique s'amusaient tellement qu'ils en ont presque oublié l'heure. Il était près de minuit et ils devaient rentrer au plus vite, car la magie prendrait bientôt fin! La jolie robe de Cendrillon allait se transformer en haillons!

Clifford et Cendrillon sont partis sans prendre le temps de saluer le prince.

Clifford a galopé jusqu'à la maison de Cendrillon. Ils sont arrivés juste après minuit, mais il y avait un problème.
Dans sa hâte de partir, Cendrillon avait perdu une chaussure!

Clifford est retourné au château pour la chercher. Heureusement, il était très doué pour rapporter des objets.

Il est revenu… avec le prince! Cendrillon était inquiète.
Le prince avait rencontré une fille bien vêtue au bal.
Voudrait-il toujours être son ami en voyant ses haillons?

Cendrillon n'avait aucune raison de s'inquiéter. Le prince l'aimait bien avec sa jolie robe...

mais il aimait aussi sa façon de danser, son entrain pour jouer...

et sa générosité. Elle avait partagé le dernier morceau de gâteau avec lui. De plus, le prince aimait *beaucoup* Clifford, le parrain magique de Cendrillon.

Ce soir-là, Cendrillon s'est fait
un nouvel ami... ou plutôt, deux amis! »

FIN